Mit herzlichen Segenswünschen

Margarete Geißler

Kleine Fluchten

Ein Gruß zum Geburtstag

Berührt und beschenkt

Wir alle brauchen von Zeit zu Zeit Momente, in denen sich der Himmel öffnet und unser Herz berührt, in denen wir uns einfach beschenken und den Alltag hinter uns lassen. Es sind kleine Fluchten. Wir werden herausgehoben aus unserer Zeit und unseren Möglichkeiten und spüren die Liebe und Zuwendung Gottes. Er weiß genau, was wir brauchen und gibt es uns zur rechten Zeit.

Manchmal ist es eine Idee oder eine Wendung aus heiterem Himmel, manchmal ist es einfach ein Moment, in dem wir vollkommen zur Ruhe kommen und neue Kraft schöpfen.

Egal, wie unser Leben gerade aussieht, wir dürfen immer auf Gottes Nähe und seine Fürsorge vertrauen. Er ist immer zuverlässig für uns da.

Von Gott geschickt

Mit der Kreativität ist das so eine Sache. Da soll man sich etwas einfallen lassen – etwas Neues, Tolles: für einen Kindergeburtstag, eine Rede, ein ausgefallenes Geschenk – aber irgendwie kommt nichts. Alles, was einem einfällt, ist eher unkreativ und eben doch schon mal da gewesen. Aber es gibt sie, die echte Kreativität. Schöpfungskraft. Nur ist sie eben nicht selbstverständlich, sondern etwas absolut Besonderes. Sie kommt nämlich von Gott:

„Am Anfang schuf Gott Himmel und Erde“, so beginnt die sogenannte Schöpfungsgeschichte in der Bibel (1. Mose 1,1). Und erzählt dann weiter, wie Gott aus dem Nichts die Welt erschaffen hat, mit Überraschungen, die bis heute begeistern. Und wie dann jeden Tag etwas Neues dazugekommen ist. Egal, wie die Wissenschaft zu dieser Geschichte steht, mir sagt sie: Kreativität, die Fähigkeit, Neues zu schaffen, die gibt es, weil Gott damit mal den ultimativen Anfang gemacht hat. Und uns damit beschenkt.

Ich erlebe das so: Manchmal kommt ein guter Einfall, eine neue Idee, gar echte Kreativität aus heiterem Himmel, sogar wenn ich vorher fast verzweifelt bin. Das berührt mich. Für mich ist das dann ein echtes Gottesgeschenk. Und ich kann mich lange und immer wieder daran erfreuen, genauso wie an der Schönheit der Schöpfung.

Freiheit

„Du hast die Wahl," sagte Gott,
„du kannst vor Anker liegen bleiben,
an Land gehen und ausruhen
oder aber du fährst mit mir hinaus
aufs weite offene Meer."

Das Segelboot wiegte sich
sanft in den Wellen,
während ich überlegte.
„Wie auch immer du dich entscheidest,
ich bin für dich da."

Angela Weigel

Fluchtgedanken

„Ich will grad einfach nur weg, wo einfach alles einfach ist“, singt ein deutscher Liedermacher und spricht mir mit seinen Fluchtgedanken aus der Seele.
Manchmal jedenfalls. Wenn es bei mir – mal wieder – alles andere als einfach ist. Weil mir alles über den Kopf wächst. Gerade in solchen Momenten träume ich mich gerne mal davon.
Aber meistens ist das gar nicht so einfach. Das mit dem Flüchten. Was kann dann helfen?
Vielleicht ist es erst einmal die kleine Flucht – aus dem Alltag. Jesus hat das so gemacht. Der hat sich immer mal zurückgezogen. An einen einsamen Ort, auf einen Berg oder in den Garten. Im Gespräch mit Gott hat er versucht, zur Ruhe zu kommen. Und überlegt, wie und wo es weitergeht. Schließlich hat er sich leiten und beflügeln lassen. Und zwar – von der Liebe.

Das erzählt auch die Bibel: Jesus hat sich mit Freunden zum Beten auf einen Berg zurückgezogen. Petrus ist auch dabei. Und er erlebt mit der Verklärung Jesu auf dem Berg einen so großartigen Moment, dass er am liebsten für länger bleiben möchte. Er schlägt deshalb vor, dort Hütten zu Ehren von Jesus, Mose und Elia zu bauen und einfach wegzubleiben (Markus 9,2-13).
Jesus geht darauf aber nicht ein. Denn er liebt. Und zwar die Menschen und seine Aufgabe. Jesus war nämlich auch erfüllt und beseelt von seinem Auftrag. Dem Wunsch, die Liebe, die er in sich spürt, die Liebe, mit der Gott ihm begegnet, weiterzugeben. Weil ihm das ein Herzensan-

liegen ist, kommt eine dauerhafte Flucht für ihn nicht in Frage und er kehrt zurück.
Manch ein Kurz- oder Langzeiturlauber hat das vielleicht schon einmal ähnlich erlebt. Nach einiger Zeit der Ruhe ist da wieder mehr Gespür da. Für das, was und wer einem Zuhause wichtig ist. Und das gibt plötzlich neue Kraft.
Da sind vielleicht die Enkel, um die man sich noch kümmern will. Oder der Job, den man vermisst. Da ist vielleicht der eine besondere Mensch, dem man etwas zu geben hat. Wer die Liebe in sich entdeckt oder wiederfindet und sich davon leiten lässt, der wird beflügelt und hat plötzlich neue, manchmal ungeahnte Kräfte.

Die ihr Gott sucht,
euer Herz lebe auf!
Psalm 69,33

Wer wagt, gewinnt – oder auch nicht!

Wer etwas erreichen will, muss auch etwas riskieren. Zum Beispiel in der Liebe. Da muss man sich manchmal einfach was trauen. Einen Liebesbrief schreiben, die Liebe gestehen – auch wenn die Liebe vielleicht nicht in dem Maß erwidert wird, wie man sich das erhofft hat.

Wer viel einsetzt, kann viel gewinnen – aber eben auch jede Menge verlieren. Und wenn das passiert, steht man erst einmal vor einem Scherbenhaufen. Nicht nur in der Liebe ist das so, auch im Beruf.
So ist es einmal dem Propheten Elia vor langer Zeit ergangen. Großes hatte er vor. Die Menschen wollte er zur Vernunft bringen und bekehren. Dafür war er auch bereit, sich mit den ganz Großen anzulegen.
Und da geht es ihm plötzlich an den Kragen. Statt klein beizugeben, rüsten seine Gegner auf und wollen ihn vernichten; sie sind ihm sogar schon auf den Fersen. Elias Leben steht auf dem Spiel (1. Könige 19).
Er merkt: „Dieses Mal bin ich wohl zu weit gegangen", und flüchtet. In die Wüste.
Und da bleibt er. Bitter enttäuscht. Am Boden. Sogar bereit, zu sterben. So viel hat er riskiert, um dann am Schluss doch zu scheitern? Elia ist am Ende.
Seine Geschichte aber nicht. Denn Gott schaltet sich ein. Der zeigt Verständnis für den enttäuschten Elia und lässt

ihn schimpfen und sich ausweinen. Schön ist seine Situation ja nicht, obwohl Elia damit in guter Gesellschaft ist. Scheitern ist menschlich.
Aber das ist noch lange kein Grund, um aufzugeben, meint Gott. Im Gegenteil.
Es ist die Gelegenheit, um zu lernen: Wenn ich mit meinem Latein am Ende bin, ist Gott es mit mir noch lange nicht.
Das Ende ist der Anfang von etwas Neuem. Zeit, einen neuen Weg auszuprobieren. Und dazu schickt Gott dem Elia Reiseproviant: Brot und Wasser. Zeit zum Ausruhen und Nachdenken.

Das zeigt Wirkung. Elia erholt sich. Dann macht er sich auf einen langen Marsch und kehrt verändert zurück. Mit neuen Ideen und Zielen. Und es kann weitergehen.

Manchmal muss man etwas riskieren, um herauszufinden: Wenn ich am Ende bin, ist Gott es noch lange nicht mit mir. Auch wenn der große Plan nicht aufgeht, auch wenn die Liebe nicht erwidert wird. Es ist nicht das Ende. Sondern der Anfang eines neuen Weges. Dazu schickt Gott Reiseproviant. Ganz bestimmt.

Sehnsucht

Es schienen so golden die Sterne,
Am Fenster ich einsam stand
Und hörte aus weiter Ferne
Ein Posthorn im stillen Land.
Das Herz mir im Leib entbrennte,
Da hab ich mir heimlich gedacht:
Ach, wer da mitreisen könnte
In der prächtigen Sommernacht!

Joseph von Eichendorff

Gutes in Hülle und Fülle

Frische Brötchen auf dem Frühstückstisch! Sobald ich nur den Duft in der Nase habe, kommen mir schöne Erinnerungen. An früher. Da gab es nämlich bei uns in den Ferien frische Brötchen. Wunderbar!

Das war so ein Gefühl von: für mich ist gesorgt. In den Ferien, aber auch sonst.

Wenn ich mir wehgetan habe, gab es ein Trostpflaster, wenn ich krank war, liebevolle Sonderbehandlung und so viel mehr.

Jaja, die guten alten Zeiten! Heute weiß ich: All das ist keine Selbstverständlichkeit. Deshalb kann man darum sogar beten. In einem Psalm heißt es: „Fülle uns frühe mit deiner Gnade, so wollen wir rühmen und fröhlich sein unser Leben lang." (Psalm 90,14)

Oder anders: Wenn ich „früher" in guter Erinnerung habe oder früh Gutes erfahre – das kann sogar heute früh gewesen sein –, dann habe ich Grund, dankbar zu sein.

Denn meine guten Erfahrungen sind ein Geschenk und wollen Kraft geben für neue Tage. Auch wenn die nicht mehr so unbeschwert wie früher sind.

So wie bei Josef. Von ihm erzählt das Alte Testament (1. Mose 37 und 39-50). Als einer von 12 Brüdern wurde er von seinen Eltern nach Strich und Faden verwöhnt. Das Blatt wendet sich, als er 17 Jahre alt ist. Von jetzt auf gleich sind für ihn die guten Zeiten vorbei. Verraten und verkauft wird er. Mehrmals.

Zum Verzweifeln. Josef aber lässt sich nicht unterkriegen. Er erinnert sich an früher und hält fest an dem Gott, der ihm früh Gutes getan hat und der ihm bestimmt immer Gutes will.

Und seine Erfahrung bestätigt sich: In der Bibel heißt es, Gott ist mit ihm. Und so unterstützt packt Josef trotz allem seine Sachen fröhlich an und bringt sie zu einem guten Ende.
Was für ein Geschenk, wenn man das kann: fröhlich in die Zukunft zu schauen, auch wenn gerade alles aussichtslos erscheint! Ich glaube, hinter dieser positiven Lebenseinstellung steckt auch die Erfahrung: Für mich ist gesorgt, weil Gott für mich sorgt.
In guten Zeiten erlebt man ja manchmal tolle Sachen in Hülle und Fülle. Und auch als Erwachsener kann man immer wieder „Kind sein“ und sich von Gott beschenken lassen: mit einem schönen Morgen, einem guten Gespräch, leckeren Brötchen. Wunderbarerweise kann man in schlechten Zeiten dann auch darauf zurückgreifen: auf das Vertrauen in Gott, auf die Zuversicht, dass alles ein gutes Ende findet.

Ich freue mich und
bin fröhlich über deine Güte.

Psalm 31,8

Lass dich überraschen

Wie wäre das? Heute einfach die Tasche packen und ab zum Flughafen. Dann in den nächsten Flieger – und los! Reiseziel unbekannt.
Manchmal würde ich gerne so Urlaub machen, traue mich dann aber doch nicht. Ich bin wohl ein anderer Urlaubstyp und weiß lieber morgens schon, wo ich abends schlafen werde. Wenn ich weiß, wo es hingeht, kann ich mich darauf freuen und nehme dafür auch einige Reisestrapazen in Kauf.
Das gilt aber nicht nur im Urlaub, sondern auch sonst im Leben: bei Prüfungen, beim Zeugnis oder wenn ich zum Beispiel für eine Feier etwas auf die Beine stellen will. Mit dem Ziel vor Augen kann ich manchmal Kräfte mobilisieren, von denen ich gar nicht wusste, dass sie da sind. Wenn man dann am Ziel ankommt – und was auch immer gestemmt hat –, ist das ein tolles Gefühl. Aber das kann manchmal auch ganz anders ausgehen. Da habe ich

mir etwas fest vorgenommen und merke auf dem Weg, ich schaffe es nicht.
Da rasselt man durch eine Prüfung, die man dringend braucht. Da fällt der noch so schön geplante Urlaub ins Wasser und nicht mal die überall so groß beworbene Bikini-Figur hat sich eingestellt. Das frustriert.
Gegen diesen Frust gibt es etwas, sagt die Bibel. Und bemerkt: „Des Menschen Herz erdenkt sich seinen Weg, aber der Herr allein lenkt seinen Schritt." (Sprüche 16,9)
Ich verstehe das so: Planen, ein Ziel vor Augen haben, das mobilisiert Kräfte und tut oft gut. So sieht das auch Gott. Aber Gott weiß, es ist auch wichtig, Abstand nehmen zu können von eigenen und fremden Zielen, von Ansprüchen und Erwartungen. Denn manchmal fesseln und überfordern die, und das frustriert.
Deshalb verspricht er Entlastung. Auch er übernimmt einen Part und wird ein Auge auf meinen Weg haben. Wenn ich viele Pläne habe, aber auch, wenn ich mal gar keinen Plan habe.

Und das tut gut. Zu wissen, da ist jemand, dem ich am Herzen liege. Egal, ob meine Pläne gerade aufgehen oder nicht. Wenn ich mich so gestärkt fühle, kann ich auch besser mit ungeplanten Dingen umgehen. Den schönen und den nicht so schönen.
Gerade also, wenn mal nicht alles nach Plan läuft, kann ich mit Gott rechnen. Ungeplant – im besten Sinne.
Ich muss dafür auch nicht gleich ins Blaue verreisen. Sein Versprechen gilt auch hier und heute: Du hast noch viel Gutes zu erwarten. Lass dich überraschen.

Weiß ich den Weg auch nicht

Weiß ich den Weg auch nicht, du weißt ihn wohl,
das macht die Seele still und friedevoll.
Ist's doch umsonst, dass ich mich sorgend müh,
dass ängstlich schlägt mein Herz, sei's spät, sei's früh.

Du weißt den Weg ja doch, du weißt die Zeit,
dein Plan ist fertig schon und liegt bereit.
Ich preise dich für deiner Liebe Macht,
ich rühm die Gnade, die mir Heil gebracht.

Hedwig von Redern

Raus aus der Miesepetrigkeit

Manchmal kann der Morgen noch so schön sein, die Stimmung ist trotzdem mies. Aus wer weiß was für Gründen. Oder weil irgendwie alles zu viel ist. Da steht etwas an, was mir Sorgen macht. Ein schwieriges Gespräch zum Beispiel, eine Prüfung, irgendetwas Unangenehmes. Allein der Gedanke daran, was da schiefgehen könnte, kann mir morgens – sogar schon Tage und Wochen vorher – die Stimmung vermiesen. Wenn ich so drauf bin, würde ich am liebsten im Bett bleiben und die Decke über den Kopf ziehen.

Das geht aber nicht. Und ist auch keine Lösung, meint jedenfalls ein kluger Stratege aus alter Zeit. Der hat einmal so etwas gesagt wie: „Du sollst die Schlacht nicht schon im Voraus als verloren betrauern."
Das leuchtet mir ein. Etwas betrauern, was noch gar nicht passiert ist – sich sozusagen im Voraus die Decke über den Kopf ziehen, macht eigentlich keinen Sinn. Sinnvoller und auch viel angenehmer wäre doch das Gegenteil, nämlich gute Laune und Tatendrang. Aber wie kommt man raus aus der Miesepetrigkeit, wenn man erst mal drinsteckt?
Die Bibel erzählt dazu eine Geschichte von König Saul: Sauls Stimmung ist nämlich regelmäßig im Keller. Er weiß genau, er hat noch so manche Schlachten zu schlagen. Aber ob die gut für ihn ausgehen, weiß er nicht. Und genau das schlägt ihm aufs Gemüt. Seine Mitarbeiter haben da aber plötzlich eine Idee. Sie wollen für den König einen echten Musiker engagieren, denn Musik hebt die Stimmung, meinen sie.

König Saul ist einverstanden. Schnell wird ein Harfenspieler geholt und die Rechnung geht auf. In der Bibel heißt es, immer wenn er das Harfenspiel hört, dann wird es Saul leichter ums Herz, er fühlt sich wieder besser (1. Samuel 16,23). Saul schöpft Mut und kann wieder weitermachen. Eine Patentlösung gegen schlechte Laune und Zukunftsängste ist das natürlich nicht.
Mir sagt die Geschichte aber: Wenn ich wirklich miese Laune habe, darf ich mir Hilfe suchen. Sogar morgens schon. Sei es, dass ich mich von meiner Lieblingsmusik aufmuntern lasse oder sozusagen meinen ganz „persönlichen Harfenspieler" herbeihole. Eben etwas oder jemand, der mir Gesellschaft leistet, guttut und dadurch Mut macht, meine ganz persönlichen Schlachten zu schlagen.

Der bessere Weg

Ein kleiner Junge, der auf Besuch bei seinem Großvater war, fand eine kleine Landschildkröte und ging gleich daran, sie zu untersuchen. Im gleichen Moment zog sich die Schildkröte in ihren Panzer zurück und der Junge versuchte vergebens, sie mit einem Stöckchen herauszuholen. Der Großvater hatte ihm zugesehen und hinderte ihn daran, das Tier weiter zu quälen. „Das ist falsch", sagte er, „komm, ich zeig' dir, wie man das macht." Er nahm die Schildkröte mit ins Haus und setzte sie auf den warmen Kachelofen. In wenigen Minuten wurde das Tier warm, steckte seinen Kopf und seine Füße heraus und kroch auf den Jungen zu. „Menschen sind manchmal wie Schildkröten", sagte der Mann. „Versuche niemals, jemanden zu zwingen. Wärme ihn nur mit etwas Güte auf, und er wird seinen Panzer verlassen können."

Überliefert

Gott verspricht
eine sichere Landung,
aber keine ruhige Reise.

Aus England

Der Trick mit der Zeit

Wo ist die ganze Zeit bloß wieder hin?, denke ich manchmal. Immer wenn ich viel zu tun und vorhabe, reicht meine Zeit hinten und vorne nicht. Da wäre es doch ziemlich praktisch, wenn man da ab und zu ein bisschen tricksen könnte – mit der Zeit.

So ein paar Extrastunden am Tag zum Beispiel – das habe ich mir schon manches Mal gewünscht. Dann könnte ich mir die Zeit nehmen, die ich brauche – für all das, was ich unter normalen Bedingungen nicht hinbekomme. Schließlich gibt es immer viel zu tun.

Die ein oder andere kleine Zeitreise würde mir auch gefallen. Einen schönen Moment einfach mitnehmen und ihn noch mal erleben dürfen. Das wäre doch was.

Aber das Tricksen mit der Zeit, das geht nicht. Da ist schon die Bibel knallhart. Sie sagt: Wir haben unsere Zeit nicht. Sie wird uns geschenkt. Und noch mehr: Meine Zeit steht in Gottes Händen (Psalm 31,16).

Interessant. Für mich heißt das: Wenn nicht ich meine Zeit in den Händen halte, sondern Gott sie mir schenkt, dann ist doch jeder Augenblick besonders und wertvoll. Gestern genauso wie heute und morgen. Jeder Moment zählt und ich darf ihn auskosten. Gerade weil ich nicht so einfach über meine Zeit bestimmen und verfügen kann.

Und das gilt auch für mein Leben. Es ist kostbar – so, wie es ist, und so, wie es gelaufen ist. Denn beliebig verlängern und ergänzen kann ich es nicht.
Der biblische Hinweis gefällt mir. Ich finde ihn nämlich ziemlich entlastend. Denn einerseits kommt mir das Leben zwar oft viel zu kurz vor. Da sind so viele Möglichkeiten. Und ich würde gerne noch so viel mehr ausprobieren, um wirklich das Beste aus meiner Zeit herauszuholen. Andererseits setzt mich genau dieser Wunsch manchmal ganz schön unter Druck:
Dauernd darüber nachdenken, was ich in der Zukunft noch alles tun könnte, sollte und müsste. Oder mir den Kopf zerbrechen, was ich in der Vergangenheit vielleicht

alles verpasst und nicht gemacht habe. Das ist auch ganz schön anstrengend.
Dann habe ich nämlich den Kopf voll und das hält mich manchmal davon ab, den Moment wirklich zu erleben und die schönsten Momente zu genießen.
Gott sei Dank – im wahrsten Sinne des Wortes – teile ich mir meine Zeit aber nicht selber zu. Einteilen kann ich sie mir, aber drehen, an dem, was mir zugedacht ist, kann ich nicht.
Ich glaube, Gott trägt die Verantwortung über meine Zeit. Und macht damit mein Leben kostbar, die schönen und die schweren Stunden. Jeder Moment zählt. Jeder Tag ist ein Geschenk.

Guter Gott,

danke, dass du immer für mich da bist.
Du schenkst mir zur rechten Zeit,
was ich brauche. Aus heiterem Himmel.
In deiner Nähe kann ich zur Ruhe kommen
und neue Kraft schöpfen.
Ich danke dir, dass du alles
zu einem guten Ende führen wirst.
Danke, dass du mir Menschen zur Seite stellst,
die mich auf meinem Weg begleiten.
Du bist gut, Herr, darum hoffe ich auf dich.
Meine Zeit steht in deinen Händen.
Amen.

Die Autorin

Margarete Geißler wurde 1978 in Hadamar geboren und wuchs in Wiesbaden auf. Sie studierte Theologie in Mainz, Glasgow und Heidelberg und absolvierte eine Krankenhausseelsorgeausbildung im Bellevue Hospital in New York. Von 2009 bis 2018 war sie Gemeindepfarrerin in Rheinhessen (Wendelsheim/Eckelsheim). Seit 2019 ist sie Pfarrerin an der Ringkirche in Wiesbaden. Für das Evangelische Dekanat Wöllstein war sie von 2015 bis 2018 als Öffentlichkeitsbeauftragte tätig. Mit ihrem Mann und ihren zwei Kindern lebt sie in Wiesbaden.

Textnachweis

Die Bibelzitate sind entnommen aus: Lutherbibel, revidiert Text 2017,
© 2016 Deutsche Bibelgesellschaft, Stuttgart

Wir haben uns bemüht, alle Zitate zu verifizieren und mit einem Quellenhinweis zu belegen. Dies ist uns in einigen Fällen nicht gelungen. Wir bitten die Autoren oder Verlage dieser Textstellen, mit uns Verbindung aufzunehmen.

Bildnachweis

Titel, Seite 3: © iStockphoto.com/jerryhopman (1000300954); Seite 4: © Yasonya/Fotolia.com; Seite 7: © pixel-kraft/Fotolia.com; Seite 8: © PUNTOSTUDIOFOTO Lda/Fotolia.com; Seite 9: © U. Hardberck/Fotolia.com; Seite 10: © K.-U. Häßler/Fotolia.com; Seite 12/13: © Arochau/Fotolia.com; Seite 14/15: © rachid/Fotolia.com; Seite 16 Bild: © librakv/Fotolia.com; Seite 18/19: © John Smith/Fotolia.com; Seite 20/21: © Michael/Fotolia.com; Seite 23: © doris oberfrank-list/Fotolia.com; Seite 24: © RioPatuca Images/Fotolia.com; Seite 26/27: © kikovic/Fotolia.com; Seite 28: © Monet/Fotolia.com; Seite 31: © emaria/Fotolia.com; Seite 32: © RuggedCoast/Fotolia.com; Seite 33: © sunnychicka/Fotolia.com; Seite 34: © Ingo Bartussek/Fotolia.com; Seite 37: © Renáta Sedmáková/Fotolia.com; Seite 38: © Kaboodle/Fotolia.com; Seite 40/41: © larauhryn/Fotolia.com; Seite 42: © toyechkina/Fotolia.com; Seite 43/44: © kaycco/Fotolia.com; Seite 46: © Natalia Greeske/Fotolia.com; Seite 47: © Nik/Fotolia.com

AGENTUR
DES RAUHEN HAUSES
SEIT 1842

Gedruckt in Deutschland

Quadro

Kartonierte Ausgabe: ISBN 978-3-7600-0993-3 • Best.-Nr. 1 0993-3
Gebundene Ausgabe: ISBN 978-3-7600-1940-6 • Best.-Nr. 1 1940-6